誰的眼白
著涼了

創作這個媽媽崩潰系列，純屬偶然。
主要因為，我 16 歲就做了阿姨，
總能時不時地看著身邊親戚朋友中的 " 媽媽們 "，崩潰之後卻總能敗部復活，
心碎至底終能修補、自癒…

真的，媽媽很偉大！在當前這樣的生活節奏氛圍下…
創作這個系列的初衷就是希望透過經歷了相似的笑與淚，找到生活表層下，
更深沉的勇氣與毅力，並從中保持昂揚與幽默！
是的，就是會心一笑…。
獻給

因我仍單身而操心的媽媽

英格藍貓 Ingrid

昨天、前天、
大前天……
為什麼一定要在
凌晨 12 點找麻麻……

真的～
我家也常
上演……

緊睏啦……

麻麻……
我跟你說……

媽媽半夜的
美勞時間……
試著還原作業本……

閏完禍，

收拾殘局的永遠

是我們……

痛死我了！

每天都在

理智斷線中……

吹毛吹到半夜的
狗媽……

麻麻～熱～～

每天重複着，
晚上不能好好睡，
然後早上起不來
的日常……

早上睡死
起不來！

把超昂貴保養品，

當水泥塗在牆上……

我的限量品（注）……

還要忍住不生氣，太難了……

識（欠）貨（扁）的孩子！

超有感～

……我視線不過

離開三秒……

所以衣服
我都買深色的……

巧克力
超難洗…

排休絕對不能
被小孩知道，
要不然連門都出不去。

轉身狂奔快遲到
的無尾熊媽媽。

開學前兩週
都嘛這樣……

跟我老公一樣，
捨不得
小孩上學。

百眼的背後

是滿滿的心痛

跟 say-goodbye

的鈔票們——

別小看兩個月大
的二哈，
輕敵了。

很無辜
剛會爬（？）
的二哈弟弟。

可不可以
讓我把事情
好好做完！？

身心俱疲的
兔媽……

嬰兒期期待
他叫媽媽，
現在希望他可以
一分鐘不叫媽媽。

我懂——

我只想要一分鐘

的獨處時間......

麻——
找到妳了～～

時間也抓得
太剛好了……

我家的都是說
要大便——

麻麻～～
有蝴蝶耶～～

時速：謎
潛力是被激發出來的

只能夜深人靜時
通宵加班。

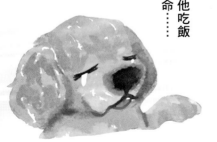

我家的叫他吃飯
像要他的命……

我家閨女
會直接摔食物！

我家的崽，
會把食物
吐出來……

一起共同享受的回憶，
是未來美好的寶藏。

我最喜歡
看我家寶寶
玩水。

真的——
每個小反應
都好可愛～～～

麻麻，
我要大便，
啊～～
來不及了……
……

因分享而有的快樂與滿足，能讓彼此的關係更緊密。

LOVE
is kind.

居然願意把
最喜歡的東西
跟我分享～～

……那我呢？（泣）

不要！

吃飯！

看到我家孩子，竟然主動關心我，感覺太窩心了！

沒有白疼
他們呢～

真的！！
感動！

為什麼像
剛打完仗!?

孩子會長大，
珍惜他們還依偎著
你的時光——

我家寶寶
睡著時
超可愛～～

恨不得
把全世界
最好的東西
都給他！

我生的……
我生的……
我生的……

透過彼此的對話與討論，
產生共鳴與感動，
這份對彼此的了解
是無可取代的連結。

我要來下單
各類書籍
給我家寶寶讀！

真心建議你，
慎重考慮暫時
不要買有聲的。
（苦主）

哎……
家事做不完啊……

因為愛，
心有了牽掛，
美好的寧靜時刻，
刻畫在心底
最深處的角落。

我家小朋友
的睡臉
百看不厭~~

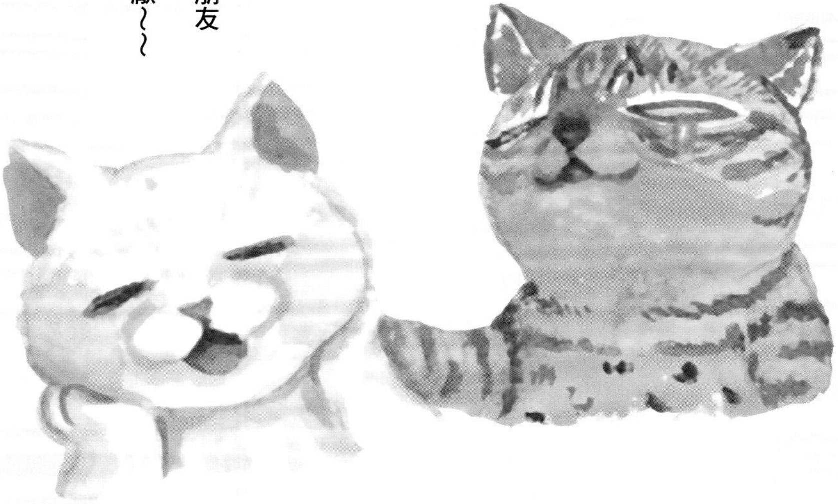

別傻了……
一準備離開
他們就醒了……

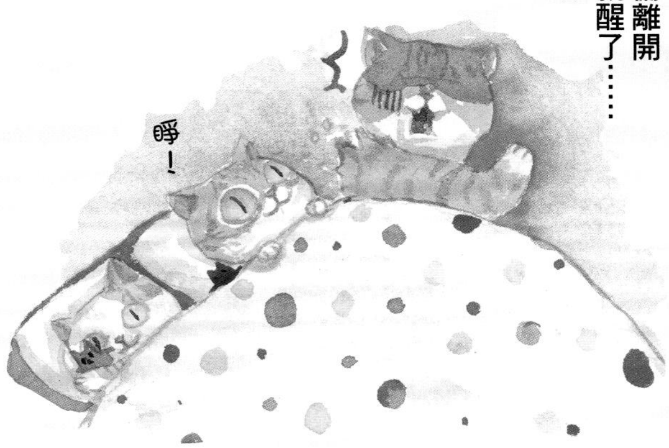

有來有往，
真心付出，
讓愛的羈絆加深，
感恩的行動，
比言語更能打動人心。

我家小朋友幫我準備了早餐，開心～～～

這廚房是剛經歷第三次世界大戰嗎!?

沒有什麼禮物，
比陪伴更可貴，
因為家，
是學習愛的第一站。

走走——
走走走——
我們大手
拉小手～～～

手……
舉不起來了……
嘶～～～

迎接新生命很美好，帶來歡樂的同時，也多了一點甜蜜的負荷。

老婆辛苦了～～
晚上妳睡覺，
我來餵！

老公～～～
你真好～～～

男人的嘴，
騙人的雞腿（轉頭）
明天吃叉燒。

陪著所愛的人，
一起探索新的領域，
接觸未知，
是多棒的一件事。

我家寶寶第一次
看到海時
超開心！

你是勇者……
我家寶寶一出門
就像脫韁野馬，
喊都喊不回來！

精力旺盛的
二哈寶寶

累到靈魂出竅
的二哈媽媽

誰的眼白著涼了

2022 年 07 月 01 日初版第一刷發行

作　　　者　英格藍貓 Ingrid
編　　　輯　王玉瑤
特約美編　紫語
發　行　人　南部裕
發　行　所　台灣東販股份有限公司
　　　　　　＜地址＞台北市南京東路 4 段 130 號 2F-1
　　　　　　＜電話＞(02)2577-8878
　　　　　　＜傳真＞(02)2577-8896
　　　　　　＜網址＞ http://www.tohan.com.tw
郵撥帳號　1405049-4
法律顧問　蕭雄淋律師
總　經　銷　聯合發行股份有限公司
　　　　　　＜電話＞(02)2917-8022
香港總代理　萬里機構出版有限公司
　　　　　　＜電話＞ 2564-7511
　　　　　　＜傳真＞ 2565-5539

誰的眼白著涼了 / 英格藍貓 Ingrid 作 . -- 初版 . --
臺北市 : 臺灣東販股份有限公司 ,
2022.06
48 面 ；　23×17 公分
ISBN 978-626-329-280-2(精裝)

863.55　　　　　　　　　　　　111008456